LA NOTE DE WILLY

Pour m'aider à agir pour la planète, ton livre a été fabriqué en respectant plusieurs engagements :

Une impression écologique

Les pages à l'intérieur de ton livre sont faites avec du papier ***recyclé,*** qui n'a pas été traité pour être plus blanc. Les textes et les illustrations de mes aventures sont imprimés avec une encre à base d'huile végétale ***recyclable***. Comme ça, même ton livre participe à la protection de l'environnement !

Un livre 100% français

Pour réduire au maximum la pollution créée par le transport, ton livre a été totalement fabriqué en France ! Ainsi, avec Scarlett, nous sommes les seuls à parcourir le monde pour que tu découvres nos aventures.

Un imprimeur engagé pour l'environnement

FSC
www.fsc.org
MIXTE
Papier issu de sources responsables
FSC® C102228

Label PEFC

Le papier utilisé pour imprimer ton livre provient de forêts gérées durablement, permettant ainsi de préserver les arbres et la nature.

IMPRIM'VERT®

Label Imprim vert

Afin de protéger la planète et son environnement, la majorité des déchets produits lors de la fabrication de ton livre sont ***recyclés***.

Pour t'aider, retrouve la définition des mots en gras dans le lexique page 32.

UNIQUE HERITAGE ÉDITIONS

Édition et conception : Unique Heritage Editions SAS. 141, boulevard Ney 75018 Paris
Illustrations : Bruno Wennagel, Mathieu Ferret, Emilie Bourgade, Mathilde Tuffin, Guillaume Biasse, Sophie D'Hénin
Textes : Pascale Baugé, Sophie Tovagliari, Heloïse Lirquet
Édition : Mathilde Sadoué-Schmitz
Direction artistique : Kagna Toung, Marie Colas
Maquette : Marie Colas

Siège social : 141, boulevard Ney 75018 Paris

Fabriqué par Labelfab/Achevé d'imprimer en France par Pollina (85) - 98971
Dépôt légal septembre 2021

Loi n°49-956 du 16 juillet 1949 sur les publications destinées à la jeunesse

FABRIQUÉ EN FRANCE

WILLY WILD

à la découverte de l'écologie

LE PÉTROLE

EH SCARLETT, REGARDE DANS L'EAU !
CE SONT DES CRABES GÉANTS ?
ATTENTION WILLY, NE TE PENCHE PAS TROP !

WAAAH !
QU'EST-CE QUE JE DISAIS...
PLOUF
AÏEUH QUELQUE CHOSE M'A PINCÉ !
SORS VITE DE LÀ !
BRRR L'EAU EST GLACÉE EN PLUS.
EH BIEN, TOI QUI VOULAIS VOIR UN CRABE, AU MOINS TU AS PU LE VOIR DE PRÈS !

VOIR UN CRABE OUI, MAIS PAS SENTIR SES PINCES !
EH BIEN, ÇA T'APPRENDRA À ME DÉRANGER PENDANT MA SIESTE.
SI TU REVIENS M'EMBÊTER, JE TE FERAI GOÛTER À MES PINCES !
HEIN ? GOÛTER ?
MAIS JE N'AI JAMAIS PARLÉ DE TE MANGER...
JE CROIS QU'IL VEUT DIRE QUE TU RISQUES D'AVOIR À NOUVEAU MAL SI TU L'EMBÊTES...

AH VRAIMENT, PLUS MOYEN D'ÊTRE TRANQUILLE ICI !
EH, ATTENDS UN PEU !

QU'EST-CE QU'ON VOIT DERRIÈRE TOI ?

OH CES TACHES ?
ELLES SONT LÀ DEPUIS PLUSIEURS JOURS, JE NE SAIS PAS CE QUE C'EST...

ÇA NE SENT PAS BON ET ÇA A L'AIR DANGEREUX, ALORS JE PRÉFÈRE RESTER À L'ÉCART.
ÇA RESSEMBLE À UNE GALETTE DE PÉTROLE, ELLE PROVIENT SANS DOUTE D'UNE FUITE DE PÉTROLIER...
SPLORT
BEURK, C'EST TOUT VISQUEUX !
BLORP
BLORP
OUI, ET C'EST DANGEREUX ! QUAND LES OISEAUX EN ONT SUR LEURS PLUMES, ILS NE PEUVENT PLUS VOLER...

REGARDE CE BIDON ! CE LIQUIDE NOIR DOIT VENIR DE LÀ...
IL NE FAUDRAIT PAS QU'UN ANIMAL S'ENGLUE DEDANS !
EN EFFET, MAIS IL NOUS FAUDRAIT DES HEURES POUR TOUT NETTOYER ET TOUT ENLEVER DE LA PLAGE...
JE VAIS FABRIQUER UNE BARRIÈRE DE SÉCURITÉ AUTOUR POUR QUE PERSONNE NE S'EN APPROCHE.
BONNE IDÉE ! TIENS, AJOUTE DES FEUILLES POUR QUE ÇA SOIT PLUS VISIBLE.
PROP

ET HOP !
VOILÀ !
COMME ÇA PERSONNE
NE RISQUE DE MARCHER
DEDANS.
GRATT
GRATT
MAIS...

JE RÊVE ? SCARLETT, EST-CE QUE C'EST UNE BALEINE LÀ-BAS ?!

ALLONS VOIR !

OHÉ ! TOUT VA BIEN ICI ?

EH OH, VOUS !
REGARDE, SES AMIES SONT LÀ !
UNE BALEINE DE NOTRE GROUPE S'EST AVENTURÉE TROP PRÈS DE LA CÔTE ET ELLE EST COINCÉE DANS LE SABLE...
COMMENT C'EST POSSIBLE ?!

NOTRE AMIE N'ARRIVAIT PLUS À S'ORIENTER ET A FONCÉ DROIT VERS LA PLAGE...
C'EST PARCE QU'ELLE EST DEVENUE SOURDE !
LA MER EST DEVENUE TRÈS BRUYANTE À CAUSE DE CE GROS TRUC GRIS LÀ-BAS !
CE DOIT ÊTRE UNE PLATEFORME PÉTROLIÈRE.
LES TRAVAUX DE FORAGE POUR EXTRAIRE LE PÉTROLE FONT TELLEMENT DE BRUIT QUE ÇA PERTURBE LE SYSTÈME AUDITIF DES BALEINES.
DÉCIDÉMENT, QUAND LES SOUCIS NE SONT PAS SUR LA PLAGE, ILS SONT SOUS L'EAU !

POURQUOI LES HUMAINS FABRIQUENT DU PÉTROLE ? ÇA A L'AIR DE CAUSER BEAUCOUP DE PROBLÈMES !
LE PÉTROLE N'EST PAS FABRIQUÉ WILLY, C'EST UNE RESSOURCE NATURELLE QUI SE TROUVE DANS LE SOUS-SOL.
CE SONT SON EXTRACTION ET SA TRANSFORMATION INDUSTRIELLE QUI POSENT PROBLÈME.
PAT
PAT
QU'EST-CE QUE VOUS DITES ?
EFFECTIVEMENT, ELLE N'ENTEND RIEN !
MAIS POURQUOI S'EST-ELLE ÉCHOUÉE ALORS ?
LES BALEINES, COMME LES AUTRES CÉTACÉS, ONT UNE OUÏE TRÈS SENSIBLE QUI LEUR PERMET DE SE REPÉRER POUR SE DÉPLACER.

POUVEZ-VOUS NOUS AIDER À LA SORTIR DE LÀ ? IL FAUT FAIRE VITE OU ELLE VA MOURIR...
IL FAUDRAIT ENLEVER LE SABLE SOUS SON VENTRE POUR LA DÉGAGER. MAIS COMMENT ?
JE CROIS CONNAITRE QUELQU'UN QUI POURRAIT CREUSER...
CE MAUDIT CRABE ? PAS QUESTION QUE J'AILLE LE VOIR !
ALLEZ... S'IL TE PLAIT !
S'IL TE PLAIIIT...
S'IL TE PLAIIIIII IIIIIIT...
BON D'ACCORD !

BON, IL ÉTAIT PAR ICI...
EUH, MONSIEUR QUI PINCE, TU ES ENCORE LÀ ?
ENCORE TOI ?!
SPLASH
EUH... PARDON DE TE DÉRANGER MAIS TU NE VOUDRAIS PAS M'AIDER À SAUVER UNE BALEINE ÉCHOUÉE ?
SI ON NE FAIT RIEN, ELLE VA MOURIR...

AH, SI C'EST POUR UNE URGENCE, C'EST DIFFÉRENT !
FUIIIIT
COMPAGNONS, SORTEZ DE VOS CACHETTES, ON A BESOIN DE VOS PINCES !
UNE BALEINE S'EST ÉCHOUÉE SUR LA PLAGE, NOUS DEVONS LA REMETTRE À L'EAU !
WAOUH, MAIS VOUS ÉTIEZ COMBIEN LÀ DESSOUS ?
ATTENTION !
EUH !
PFIOU !
ALLEZ LES GARS, ON VA CREUSER TOUS ENSEMBLE ! UNE DEUX, UNE DEUX !

QU'EST-CE QUE VOUS DITES ?
ON ESSAYE DE CREUSER POUR TE LIBÉRER !
??
NE TE FATIGUE PAS, ELLE N'ENTEND RIEN.
KSSHH
KSSHH
ON L'A BIEN DÉGAGÉE, ELLE PEUT REPARTIR VERS LE LARGE MAINTENANT !
FLSHH
FLSHH
FLSHH
FLSHH

MISSION ACCOMPLIE !
FLOUSH
MERCI D'AVOIR SAUVÉ NOTRE AMIE !
SPLASH
DE RIEN, FAITES ATTENTION À VOUS !
BON, SCARLETT, C'EST PAS FINI ! ON A DU PAIN SUR LA PLANCHE, IL FAUT QU'ON NETTOIE LA PLAGE.
TU AS RAISON, MAIS ATTENTION À NE PAS M'EN METTRE DANS LES PLUMES !
FIN

TON DOCUMENTAIRE

Qu'est-ce que le pétrole ?

Le pétrole est un liquide noir très visqueux qu'on trouve piégé dans les roches des sous-sols terrestres. Une fois extrait, il est transformé en de nouvelles matières, fournissant de l'énergie pour les véhicules et le chauffage ou permettant même de fabriquer du plastique !

Une formation lente

Le pétrole est une ressource ***fossile*** apparue il y a des millions d'années par la transformation de minuscules organismes marins. À leur mort, ils se retrouvent au fond des océans et finissent enfouis sous les ***sédiments***. Dans certaines conditions, ils se modifient lentement, dégradés par des bactéries. Un liquide apparaît à la fin de ce long processus : c'est le pétrole.

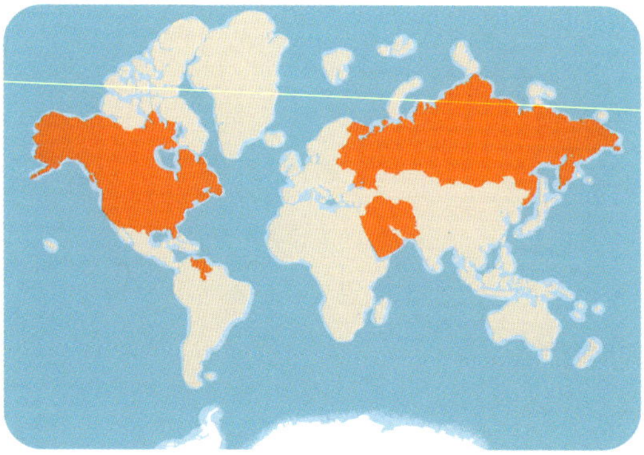

Les réserves sur Terre

On retrouve le pétrole en grandes quantités dans certains sous-sols du monde, comme les États-Unis, la Russie, le Canada et l'Arabie saoudite. Tu sais, même si l'on découvre encore de nouvelles réserves de pétrole, beaucoup ont été explorées et on estime actuellement que dans 50 ans, le pétrole sera épuisé.

Une forte consommation

Depuis son essor au XIXe siècle, le pétrole est devenu la ressource la plus utilisée dans le monde. Une fois transformé, il sert dans différents domaines. C'est par exemple lui le principal composant du plastique, de certaines peintures et textiles. Il donne aussi naissance aux carburants des voitures et même des avions ! Aujourd'hui, les plus gros consommateurs de pétrole sont les États-Unis et la Chine.

LE SAIS-TU ?

Tu as peut-être déjà entendu parler du baril. C'est une unité de mesure propre au pétrole. Un baril, c'est 159 litres, impressionnant !

L'exploitation du pétrole

Mais avant de se retrouver dans les réservoirs des voitures, le pétrole passe par plusieurs étapes dont voici les principales :

1. L'exploration

Les sols et les sous-sols sont étudiés attentivement pour repérer des réserves. On parle aussi de ***gisements***.

2. Le forage

Un puits est créé à l'aide d'une ***foreuse*** pour avoir accès aux poches de pétrole qui remonte naturellement ou est pompé.

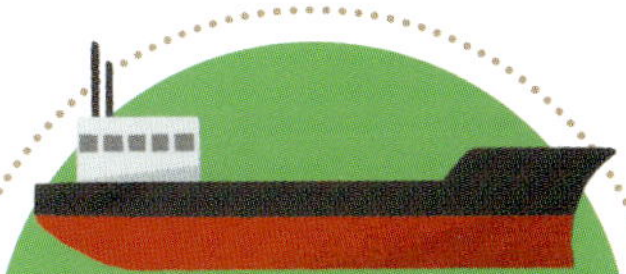

3. Le transport

Le pétrole extrait est transporté sur mer par des pétroliers et sur Terre par des oléoducs, de gros conduits cylindriques.

4. Le raffinage

Il subit plusieurs opérations pour séparer ses différents composants dans une usine appelée ***raffinerie***.

5. Les transformations

Les produits sortant de la ***raffinerie*** sont envoyés vers des sites industriels où ils subiront d'autres modifications.

LE SAIS-TU ?

Quand une réserve de pétrole est découverte dans le sous-sol marin et qu'on l'extrait, on parle d'exploitation « off-shore ».

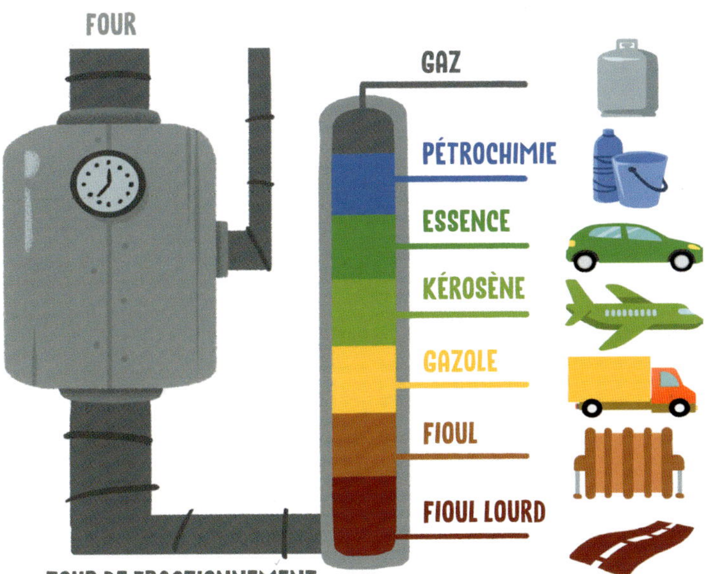

Le raffinage

Cette étape sert à séparer l'ensemble des composants du pétrole dans une ***tour de fractionnement***. Pour cela, on fait bouillir le pétrole. On obtient alors plusieurs vapeurs qui montent dans la tour et redeviennent liquides au fur et à mesure du refroidissement. Récupérés, ces liquides sont destinés à des usages très différents les uns des autres !

TON DOCUMENTAIRE

Un impact sur l'environnement

Le pétrole a de nombreux atouts mais son exploitation et l'utilisation de ses dérivés peuvent perturber l'environnement et le polluer. Voici plusieurs impacts sur la nature d'une exploitation pétrolière en mer.

Forte empreinte au sol

L'exploitation pétrolière nécessite d'installer des plateformes de grande taille au niveau des puits de pétrole, ce qui détruit les habitats des animaux sur terre et en mer.

Beaucoup d'eau utilisée

Le forage des sols pour accéder aux poches de pétrole consomme beaucoup d'eau. En effet, celle-ci est utilisée pour faciliter certaines opérations afin d'extraire le liquide.

Nappes polluées

Les nappes d'eau souterraines, réservoirs précieux d'eau douce, sont souvent polluées à proximité des exploitations pétrolières car des fuites de pétrole peuvent se produire.

Gaz brûlé sur place

Lorsque le pétrole est extrait, du gaz est aussi évacué et brûlé sur place, ce qui génère beaucoup de ***gaz à effet de serre***. C'est cette étape qui en produit le plus sur toute la chaîne.

Écosystèmes touchés

Plancton, poissons, tortues, ou oiseaux, tous souffrent des aléas du forage et du transport. Lorsqu'il y a une fuite de pétrole, les conséquences sont souvent catastrophiques !

Pollution acoustique

Entre les ondes utilisées pour découvrir de nouvelles réserves, le forage très bruyant et le ballet incessant des navires, la faune vivant près de ces exploitations est sans cesse dérangée.

Les marées noires

Après l'extraction, un autre risque de pollution apparaît lors du transport. Quand un pétrolier chavire ou qu'une fuite se produit au niveau d'une cuve de stockage, le pétrole, plus léger que l'eau, flotte à la surface : c'est une ***marée noire***. Il se disperse à l'aide du vent et des vagues et rejoint les côtes qui sont alors polluées à leur tour. Des poissons, tortues de mer et oiseaux marins se retrouvent piégés par ce liquide visqueux.

Une utilisation polluante

L'utilisation du pétrole raffiné se montre elle aussi problématique.

Les gaz à effet de serre

Les carburants et les combustibles issus du pétrole fournissent de l'énergie. Mais, leur combustion génère des ***gaz à effet de serre*** responsables du ***réchauffement climatique*** et des particules fines accentuant la pollution de l'air.

Des déchets peu recyclés

Tu l'as vu, le pétrole est utilisé pour fabriquer du plastique. Une matière que tu trouves dans plein d'objets du quotidien. Mais, grand nombre des déchets en plastique ne sont pas recyclés et il est difficile de le recycler à l'infini.

MOTS CROISÉS

Tous ces objets sont dérivés du pétrole. Sauras-tu retrouver leurs noms ?

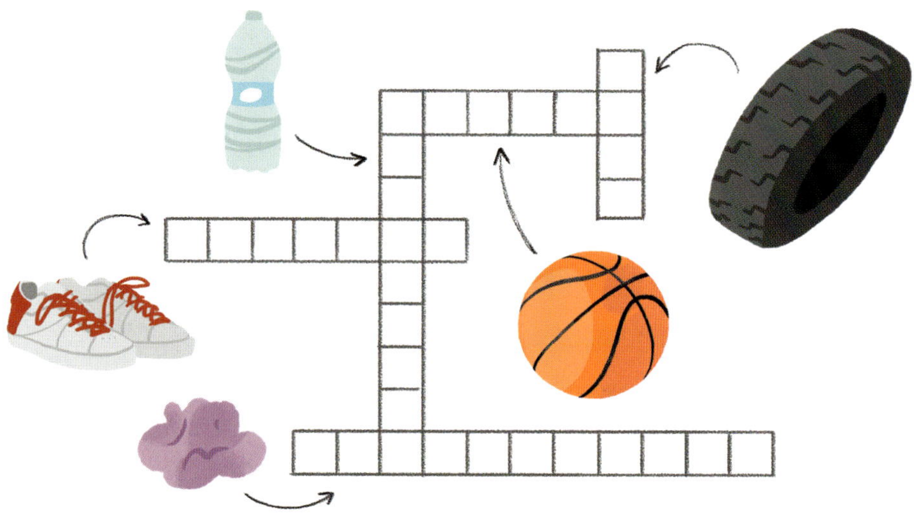

Réponses : ballon, bouteille, baskets, pneu, chewing-gum.

TON DOCUMENTAIRE

L'avenir du pétrole

Pour remédier au problème des réserves qui risquent de s'épuiser et pour limiter la pollution que le pétrole produit, on recherche de nouvelles ressources. Mais, le pétrole étant toujours très utilisé, il faut être attentif à l'utilisation qu'on en fait.

Repenser toute la chaîne

Après la prise de conscience des risques liés à l'exploitation du pétrole, l'ensemble des étapes, de l'exploration au transport, tend à être plus sécurisé et l'utilisation plus durable.

Transports plus sûrs

Les nouveaux pétroliers sont désormais équipés de cuves avec une double enveloppe pour éviter les fuites et d'un système de pompage plus performant.

Limiter les dégâts

Des solutions sont mises en place en cas de marée noire : des barrages flottants permettent d'empêcher le pétrole de se disperser en mer.

Innover

Les industriels cherchent de plus en plus à utiliser des ressources naturelles. Ainsi des pneus à base d'algues et du plastique végétal sont développés.

Une utilisation raisonnée

La meilleure façon de limiter l'utilisation du pétrole est de diminuer de façon importante la consommation des produits qui en sont dérivés. Les couverts et les pailles en plastique sont désormais interdits à la vente en France. Et les transports en commun électriques ainsi que le vélo sont favorisés pour réduire la consommation d'essence liée aux déplacements. Et toi, es-tu prêt à pédaler pour te rendre au parc ?

Réutiliser les plateformes

Lorsque l'exploitation d'un ***gisement*** de pétrole sous-marin est arrêtée de façon définitive, certains projets de transformation des plateformes voient le jour. Des récifs artificiels peuvent être créés sur ces plateformes, on appelle cela le « *rigs-to-reefs* ».

TON ACTIVITÉ

Tu l'as compris, le pétrole est un composant essentiel du plastique. Mais, sais-tu qu'il existe des alternatives à cette matière ? Par exemple, en mélangeant du lait et du vinaigre, tu peux obtenir un objet dur comme du plastique ! Et si tu profitais de cette expérience pour fabriquer un joli porte-clés ?

Ce dont tu auras besoin

Pour réaliser ton porte-clés, tu vas avoir besoin d'ingrédients et ustensiles que tu trouveras dans ta cuisine. Place à ton imagination pour la forme que tu vas lui donner !

1

Avec l'aide d'un adulte, fais chauffer une tasse remplie de lait au micro-ondes ou dans une casserole. Attention à ne pas te brûler !

2

Verse le lait dans un saladier et ajoute 4 cuillerées à soupe de vinaigre. Mélange quelques minutes. Des grumeaux se forment.

3

Verse la mixture dans une passoire au-dessus d'un autre bol. La partie liquide s'écoule et le surplus de matière reste dans la passoire.

4

Écrase la pâte à l'aide de la cuillère pour évacuer le maximum de liquide. Récupère la pâte pour en faire une boule.

5

Réalise des formes en malaxant la pâte ou en utilisant des emporte-pièces. Avec la baguette, fais un petit trou dans ta forme.

6

Laisse maintenant sécher ta création plusieurs heures. Une fois sec, démoule l'objet et passe un anneau dans le trou pour en faire un porte-clés.

TES DÉFIS

Maintenant, c'est à toi d'agir ! Pour limiter l'énergie que tu utilises, tu peux changer un petit peu tes habitudes quotidiennes. Voici dix idées de gestes très faciles à mettre en place :

Préfère les crayons de couleur aux feutres.

Ne jette pas tes cartouches d'encre vides à la poubelle. Des points de collecte existent en supermarché.

Évite les produits emballés avec du plastique et préfère les sacs krafts.

Choisis des jouets en bois plutôt que des jouets en plastique.

Évite les gels douche et shampoings contenant du silicone car ce produit est issu du pétrole.

À TOI DE JOUER !

Tu as appris beaucoup de choses avec Willy et Scarlett, mais as-tu bien tout retenu ? Teste tes connaissances avec ce quiz, puis laisse place à ta créativité en imaginant une nouvelle aventure ou en dessinant une nouvelle activité !

1. Le pétrole est une ressource...

a. Inépuisable
b. Fossile
c. Renouvelable
d. Verte

2. Où trouve-t-on du pétrole ?

a. Dans les sous-sols
b. Dans le ciel
c. Dans les arbres
d. Dans les lacs

3. Quel nom donne-t-on à une fuite de pétrole en mer ?

a. Marée visqueuse
b. Marée bleue
c. Marée noire
d. Marée polluante

4. Quel végétal est utilisé pour créer un nouveau type de plastique ?

a. Des algues
b. Des carottes
c. Des feuilles
d. Des salades

Réponses : 1.b / 2.a / 3.c / 4.a.

TES NOTES

LEXIQUE

Énergies fossiles :

Ces énergies proviennent principalement de l'exploitation du charbon, pétrole et gaz naturel. On les appelle « fossiles », car elles résultent de la décomposition de végétaux et autres organismes vivants il y a des millions d'années. Ce sont des ressources épuisables : on les utilise plus rapidement qu'elles ne se renouvellent. Leur exploitation est de plus très polluante, générant de grandes quantités de gaz à effet de serre.

Forage :

C'est le fait de creuser un trou dans le sol.

Gaz à effet de serre :

Ce sont des gaz qui empêchent la chaleur de la Terre de s'échapper vers l'espace. Ils sont nécessaires à la vie sur notre planète, mais leur présence en trop grandes quantités provoque le réchauffement de cette dernière et engendre des changements climatiques auxquels les animaux et les hommes sont peu préparés.

Gisement :

Forte quantité d'une ressource qui intéresse les hommes et qui se trouve localisée dans une zone géographique particulière. Cela peut être un minerai, un métal ou une source d'énergie.

Marée noire :

Fuite de pétrole en mer lorsqu'un pétrolier fait naufrage ou qu'un puits de pétrole rencontre un problème. Avec le temps, plusieurs constituants du pétrole se séparent, certains flottent, réduisent les échanges d'oxygène et engluent la faune tandis que d'autres se déposent au fond de la mer.

Raffinerie :

La raffinerie est une usine où le pétrole subit ses premières transformations.

Réchauffement climatique :

Le réchauffement climatique est l'augmentation de la température moyenne de l'eau des océans, mais aussi celle de l'atmosphère de la Terre. En partie naturel, ce phénomène est aussi intensifié par l'activité humaine, qui précipite l'augmentation des températures.

Recyclable :

Un matériau est dit « recyclable » lorsqu'il peut être réutilisé pour fabriquer de nouveaux objets.

Sédiments :

Dans la mer, il s'agit de petites particules solides qui finissent par se déposer au fond de l'eau. Elles sont constituées de débris de roches et de restes de coquilles d'animaux marins.

Tour de fractionnement :

Tour dans laquelle on sépare les différents composants du pétrole. Le principe repose sur le chauffage à température élevée suivi de la condensation progressive des différentes vapeurs.

Découvre
MES AVENTURES

www.willy-wild.fr

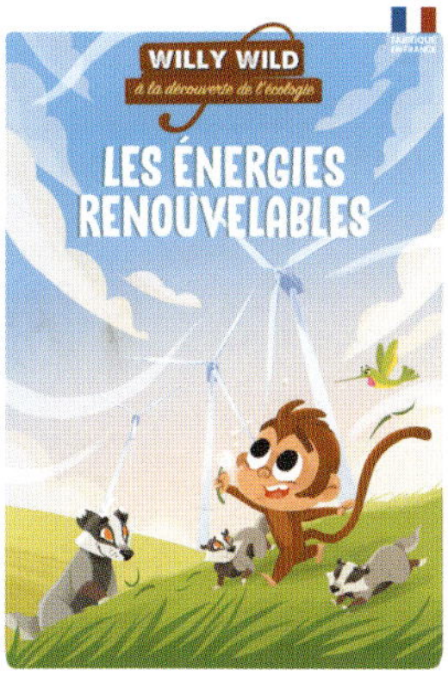

www.willy-wild.fr